Mar/22   13x

Noël en juillet

C'est Noël tous les jours sur notre site :
www.soulieresediteur.com

**De la même auteure
chez le même éditeur**

La vache qui lit, 2004
Am, stram, gram et calligrammes, 2008

Chez d'autres éditeurs

Aux éditions de la courte échelle :

Le trésor du Bibinocolendi, 2001
L'île aux monstres, 2005
Quand le chat est parti, 2007. Finaliste au Prix du
Gouverneur général (illustrations) 2008
Ulysse et la reine des pestes, 2006
Le jeu du renard, 2007
Coco Bonneau le héros, 2001
La magie de Tonie Biscotti, 2002
La trahison de Laurent Lareau, 2003
Les mystérieuses figurines, 2004

Aux éditions du Boréal

dans la série Margot :
Le trésor de la souris, 1997,
Le petit géant, 1997, *Victorine la sorcière*, 1998,
Le roi des loups, 1998, *L'anneau magique*, 1999,
Les trois princesses, 2000, *Le dragon de papier*, 2001,
Le pays de la Bisbille. 2001, *Les clés de l'ogre*, 2003,
La nuit des Malappris, 2004, *La bête maléfique*, 2005,
Les tableaux secrets, 2006,
Les yeux curieux, 2007, *Le prince malicieux*, 2008

Aux éditions les 400 Coups :

N'aie pas peur, Nic ! 2001 Le voyage des reines, 2003
Une nuit en ville, 2007. Finaliste au Prix du
Gouverneur général (illustrations) 2007

GHP

Noël en juillet

**un roman écrit et illustré par
Caroline Merola**

SOULIÈRES ÉDITEUR

case postale 36563 — 598, rue Victoria
Saint-Lambert (Québec) J4P 3S8

Soulières éditeur remercie le Conseil des Arts du Canada et la SODEC de l'aide accordée à son programme de publication et reconnaît l'aide financière du gouvernement du Canada par l'entremise du Programme d'Aide au Développement de l'Industrie de l'Édition (PADIÉ) pour ses activités d'édition. Soulières éditeur bénéficie également du Programme de crédit d'impôt pour l'édition de livres – Gestion Sodec – du gouvernement du Québec.

Dépôt légal : 2010
Bibliothèque nationale du Canada
Bibliothèque nationale du Québec

Données de catalogage avant publication (Canada)

Merola, Caroline

Noël en juillet

(Collection Ma petite vache a mal aux pattes ; 96)
Pour enfants de 6 ans et plus.

ISBN 978-2-89607-109-8

I. Titre. II. Collection : Collection Ma petite vache a mal aux pattes ; 96.
PS8576.E735N63 2010   jC843'.54   C2009-942397-9
PS9576.E735N63 2010

Illustrations de la couverture
et illustrations intérieures :
Caroline Merola

Conception graphique de la couverture :
Annie Pencrec'h

Logo de la collection :
Caroline Merola

À mon amie,
Danielle Simard.

Chapitre 1

Bianca et Marinette

Les soeurs ont d'habitude un air de famille comme les cailloux sur la plage ou les fleurs dans les champs. Mais Bianca et Marinette se ressemblaient très peu. On aurait même pu penser qu'elles venaient de deux pays différents.

Marinette était blonde et délicate, d'une beauté gracieuse, comme on imagine les princesses dans les contes de fées.

Sa petite soeur Bianca était exactement son contraire ; brune, costaude, sans rien de remarquable à part son joli sourire.

Marinette n'avait qu'à passer la main dans ses cheveux ou battre des cils et tous les gar-çons étaient secoués d'un pro-fond tremblement de coeur.

Bianca avait beau se fendre en quatre pour inventer des blagues ou des histoires incroyables, jamais elle n'avait ce pouvoir magique sur eux. Bien sûr que c'était injuste. Mais bon, il y a des malheurs plus grands.

« Marinette n'y est pour rien, se disait Bianca. C'est comme un cadeau qui lui aurait été offert. Moi aussi, j'ai eu un cadeau, je ne l'ai pas encore déballé. Un jour, je découvrirai ce que j'ai d'unique et d'épatant. Pour l'instant, je ne le sais pas, c'est tout. »

C'est ainsi que Bianca voyait les choses et elle avait raison.

Chapitre 2

Le lieu du crime

Près de l'école se trouvait un drôle d'endroit que tout le monde appelait *La maison des bandits.* C'était une maison abandonnée qui avait déjà appartenu à une famille de malfaiteurs, les Flau-werpauer. Les pires rumeurs avaient couru à leur sujet : ils élevaient des plantes carnivores, faisaient le trafic de dents en or, volaient, pillaient et commettaient des actes plus horribles encore.

Puis, un matin de décembre, les bandits furent tous arrêtés. Les mois passèrent et la maison demeura à l'abandon.

Jamais aucun enfant n'osait s'y aventurer, jamais plus loin, en tout cas, que la haute clôture qui entourait le jardin échevelé.

Mais voilà qu'aujourd'hui, pour s'amuser, par défi, Marinette et ses amis décident d'aller y rôder. Ils ont poussé la porte toute rouillée de la clôture. Ils ont traversé le jardin, puis monté les trois marches chambranlantes du balcon. Au moment d'entrer dans la mystérieuse maison, le grand Mathieu Brodeur se retourne.

— Non, toi, Bianca, tu ne viens pas, dit-il. Tu es trop jeune. On a décidé d'entrer et on n'a pas le goût de t'entendre pleurnicher si tu meurs de peur.

— Mais je n'ai pas peur, qu'est-ce que tu racontes ! s'offusque Bianca.

C'est vrai, elle n'a pas peur. Mais ce qui lui déchire le coeur, c'est de se sentir repoussée par Mathieu Brodeur, qu'elle aime en secret depuis toujours.

Marinette prend sa défense :

— Ma soeur n'a qu'à faire le guet. Si quelqu'un approche, elle sifflera.

— C'est bon, allons-y, soupire Mathieu. Bianca, tu restes là, hein ?

Bianca ne lui répond pas. Le coeur gros, elle s'appuie contre

la rampe du balcon et les regarde passer.

Mathieu entre le premier. Il a
l'air sûr de lui, mais on l'entend
rire nerveusement. Paolo, Mimi
et Marinette le suivent. Ils laissent
la porte entrouverte et Bianca
peut les entendre faire quelques
pas en chuchotant. La maison est
sombre et inquiétante. Comme
c'est excitant !

Puis, au bout d'un moment,
plus rien. Le silence total.

Bianca approche son nez de l'entrebâillement. Soudain, on se met à crier, à se bousculer, tout le monde ressort en galopant. Bianca recule pour les laisser passer.

— Quoi ? Qu'est-ce qu'il y avait ? demande-t-elle en leur courant après. Qu'est-ce que vous avez vu ?

Ce n'est que de l'autre côté de la clôture, que Marinette, tout essoufflée peut enfin lui expliquer :

— Mon Dieu, Bianca, une chance que tu n'es pas venue ! Il y a quelqu'un dans cette maison : on a entendu tousser !

— Mais pas un toussotement ordinaire, ajoute Paolo.

— Ouais, dit Mathieu, on aurait dit une sorcière ! Ou un esprit !

— Un f-f-fantôme... bégaie Mimi, blanche et bouleversée.

Bianca les contemple d'un air étonné.

— Un fantôme ? Vous n'êtes pas sérieux ! Mais vous dites n'importe quoi, les fantômes, ça n'existe pas.

— C'est ce que tu crois ? s'écrie Mathieu Brodeur, fâché. Vas-y voir, alors, et tu nous en donneras des nouvelles. On serait

restés, s'il n'y avait pas eu de danger. On n'est pas des froussards.

— Oui, vous êtes une bande de froussards. Moi, pas du tout ! lance Bianca pour lui en boucher un coin.

Sans réfléchir, la jeune fille pousse la porte grinçante de la clôture et marche d'un pas décidé dans l'allée qui mène à la maison des bandits.

Chapitre 3

Un étrange gardien

Mais, au fur et à mesure qu'elle approche du balcon, Bianca ralentit l'allure.

« Misère ! Qu'est-ce que je suis en train de faire ? se dit-elle. Mathieu Brodeur en vaut-il la peine ? Suis-je en train de risquer ma vie simplement pour l'impressionner ? »

Elle jette un regard rapide vers sa soeur et ses amis. Personne ne dit rien. Tous ont les yeux

ronds fixés sur elle, l'air un peu
ahuri.

— Vous m'attendez, n'est-ce
pas ? demande-t-elle.

— Oui, bien sûr, articule Marinette. Fais attention !

Bianca entre dans la maison
des bandits. La première chose
qu'elle remarque est l'odeur de
moisissure. Une odeur plus suf-
focante que celle de la cabane
du parc où on enfile nos patins
l'hiver.

L'intérieur de la maison est le
plus curieux qui soit : du jamais
vu ! D'où elle se trouve, Bianca
aperçoit le salon. Un vieux salon
démodé avec des sofas à car-
reaux et un buffet en bois. Sur
l'un des sofas, devant une gros-
se télé, un bol rempli de vieux
biscuits pourris.

— Hé ! Ho ! Il y a quelqu'un ? demande Bianca.

Personne ne lui répond.

Bianca s'avance vers la cuisine. La table est mise depuis six mois. Heureusement, le dîner n'est pas servi. Les bandits ont dû être arrêtés avant d'avoir pu préparer le repas.

— Il y a quelqu'un ? demande encore Bianca d'une voix un peu plus assurée.

Mais, cette fois, elle entend tousser. Son coeur bondit ! Ses amis avaient raison, c'est un toussotement bizarre qui ne semble pas humain. Et si c'était vraiment un fantôme caché au deuxième étage ? Non, non, c'est impossible, les fantômes sont des inventions idiotes !

Bianca fait alors preuve d'un immense courage. Elle s'approche de l'escalier, prend une grande respiration et annonce :

— Bonjour, je… je m'appelle Bianca. Euh… Avez-vous besoin de quelque chose ?

De là-haut, quelqu'un lui répond :

— Monte, petite, n'aie pas peur.

C'est une drôle de voix, rau-
que, usée, mais plutôt aimable.

Bianca jette un coup d'oeil
vers la porte d'entrée. À l'exté-
rieur, sa soeur et ses amis l'at-
tendent toujours. Elle gravit une
à une les marches de l'escalier.
De vieilles marches, empous-
siérées par des toiles d'arai-

gnées, de mouches et de marin-
gouins séchés.

Bianca fait quelques pas sur
le palier. La première chambre
est vide. La seconde aussi. Mais
dans la troisième, un chien est
couché sur le lit. Un grand chien
gris, l'air fatigué.

Il se met à tousser. Bianca sursaute. Elle regarde autour d'elle. Il n'y a que la bête. La bête et elle.

Le chien n'a pas l'air méchant, il a de grands yeux tristes. Bianca lui dit doucement :

— Bonjour Chien, tu m'as fait un peu peur. Où est ton maître que j'ai entendu m'appeler ?

À sa grande surprise, le chien lui répond.

Oui, le chien parle !

— Belle petite, je n'ai plus de maître, dit-il. C'est moi qui t'ai appelée.

Cette maison est donc réellement hantée ! Les esprits s'expriment à travers les bêtes !

Chapitre 4

Le don de Bianca

Bianca voudrait fuir, mais la peur cristallise sa pensée et ses mouvements. Le chien ajoute :

— Je voudrais te demander quelque chose, une faveur…

La pauvre Bianca attend la suite.

— Voilà six mois que je veille ici tout seul, sans un mot, sans une caresse. Parfois, je me suis même demandé si j'existais vraiment. Quand j'ai entendu les enfants, tout à l'heure, je suis devenu tout joyeux. Je croyais que j'aurais enfin un peu de compagnie. Mais non, ils sont repartis aussitôt. Mais toi, tu es là ! C'est un moment merveilleux ! Aurais-tu la bonté de me caresser la tête ? Juste une fois. Voilà la faveur que je te demande. Je te revaudrai ça.

Bianca a les jambes toutes raides. La bête est-elle en train de lui tendre un piège ? Va-t-elle lui mordre la main ou l'entraîner dans le sinistre pays des fantômes ?

Bianca hésite, mais en croisant le regard si sincère, si malheureux du chien, elle a pitié de lui.

Elle s'assoit sur le bord du lit et, la main tremblante, lui caresse doucement la tête. Le chien ferme les yeux pour mieux savourer son bonheur.

— Pauvre bête ! soupire Bianca. As-tu quelque chose à manger au moins, dans cette maison ? Je n'ai vu que de vieux biscuits dans un bol.

— J'avais de la moulée. Mais les réserves se sont épuisées. Depuis hier, je n'ai plus rien.

Tu es la plus gentille des êtres humains que je connaisse. Même du temps de mes maîtres, il n'y avait personne d'aussi gentil.

— Qui étaient tes maîtres ? demande Bianca.

— Mes maîtres étaient les Flauwerpauer. Un jour, on est venu les arrêter. C'était un peu avant Noël. Je n'ai pas trop compris ; les histoires d'humains sont trop compliquées pour moi. Le plus jeune m'a demandé de veiller sur leur butin en disant qu'ils reviendraient bientôt le chercher. Jamais je n'ai failli, tu sais. Jour et nuit j'ai veillé, dressant l'oreille au moindre bruit. Personne n'est revenu. Aujourd'hui, les forces me quittent. Je te dirais bien où se trouve ce trésor, mais je doute que tes petits bras soient assez vaillants pour le soulever.

— Dis toujours, on verra bien.

— Tu dois d'abord pousser le lit.

Bianca pousse le lit. Elle est tout étonnée de voir à quel point cela lui paraît facile.

— Maintenant, soulève la lourde trappe. Je te préviens, il fallait deux hommes à l'époque pour y arriver.

Bianca soulève la trappe d'une seule main.

— Tu m'impressionnes, petite ! dit le chien. Maintenant, vois-tu le grand coffre en bois ? Peut-être devrais-tu demander de l'aide. Il y a six mois, seul l'aîné des frères réussissait à tirer le coffre de sa cachette.

Pour Bianca, il est encore plus aisé de sortir le coffre. Elle ne s'était jamais douté qu'elle possédait un courage et une force aussi extraordinaires.

Est-ce que c'était là son talent ? Ce qu'elle avait d'unique et d'épatant ? Si ce talent sert à trouver des trésors, c'est une bien bonne chose !

Bianca examine le coffre. Il est recouvert d'une peinture rouge très lustrée et les ferrures brillent comme de l'or. Mais le plus étrange est cette petite inscription en lettres noires sur l'un des côtés :

PROPRIÉTÉ DU PÈRE NOËL
PÔLE NORD

— Voilà, dit le chien, tu as réussi. Mais il y a un cadenas et je n'ai jamais eu la clé.

— Pas de problème, dit Bianca, confiante maintenant en ses talents inouïs.

Chapitre 5

Un vrai trésor

Le cadenas, lui, n'est pas en or. Il est même un peu rouillé. Bianca le brise d'un seul doigt et ouvre le coffre.

Le trésor des Flauwerpauer !

Le coffre est rempli à ras bord de jouets fabuleux, colorés, mécaniques ou électroniques, tous parfaitement neufs. Comme s'ils sortaient du magasin… ou de chez le père Noël !

— Mais, d'où viennent ces jouets ? s'étonne Bianca.

— Tout ce que je sais, répond le chien, c'est qu'un jour mes maîtres sont partis loin, très loin vers le nord. Une nuit, tandis qu'ils revenaient avec le coffre, je les ai entendus se moquer du « vieux bonhomme » qui possédait des montagnes de jouets. D'ailleurs, avant d'être arrêtés, les Flauwerpauer comptaient bien y retourner.

— Le père Noël ! s'exclame Bianca. Ils ont volé le père Noël !

— Oui, il me semble avoir entendu ce nom, dit le chien. En tout cas, tout est à toi maintenant, petite. J'en ai assez. Mes maîtres ne reviendront plus, je le vois bien. Tu sembles avoir bon coeur, tu en feras bon usage, j'en suis certain. Adieu !

Bianca ouvre de grands yeux.

— Tu ne viens pas avec moi ?
demande-t-elle.

— Non, je suis trop vieux, trop
engourdi, je n'arriverai pas à te
suivre.

— Et si je t'emportais ?

— Tu n'as que deux bras, il te
faudrait choisir entre le trésor et
moi.

— Qui te parle de choisir ?

Cinq minutes plus tard, tous les enfants, Marinette, le grand Mathieu, Paolo et Mimi, voyaient sortir Bianca de la maison. Elle portait sous un bras un gros coffre en bois et, sous l'autre, un grand chien gris.

Bianca était si jolie, avec ses joues rosies par l'effort, ses cheveux défaits et surtout ses yeux ravis et lumineux, que le grand Mathieu, en l'apercevant, sentit son coeur s'enflammer.

Bianca déposa le chien et le trésor, puis souleva le couvercle du coffre devant ses amis éblouis.

— On dirait qu'on est le 25 décembre ! s'exclama Mathieu en riant nerveusement.

— C'est encore mieux, rétorqua Bianca, on est le 25 juillet ! C'est Noël en juillet !

Dans les semaines qui suivirent, Bianca écrivit trois fois au père Noël pour lui annoncer qu'elle avait retrouvé ses jouets. Mais comme les lettres restèrent sans réponse, elle partagea finalement le trésor avec ses amis.

Elle garda aussi le grand chien gris. Maintenant, il s'appelle Brutus et il a repris des forces. Il passe tout son temps avec Bianca et ses amis.

Mais, mystérieusement, il ne s'est jamais remis à parler.

Caroline Merola

 Parfois, dans les écoles, je rencontre des élèves qui sont tout impressionnés de me voir dessiner au tableau. Pour moi, c'est facile, je dessine depuis que je suis petite. C'est mon talent. Je l'ai découvert quand j'étais enfant.

Quand on aborde ce sujet, les élèves lèvent le bras :

— Moi, je suis bon au soccer !

— Moi, moi ! Je suis bonne en patinage artistique !

D'autres savent chanter, danser ou jouer du piano.

Mais il y en a toujours quelques-uns qui gardent le bras baissé et qui ne disent rien...

C'est qu'il existe des talents bizarres qu'on ne découvre que lorsqu'on est grand, comme par exemple :

— réussir des tours de magie,

— créer des gâteaux extraordinaires,

— être doué pour la mécanique (ce qui est un peu magique !),

— avoir le sens des affaires (on rit, mais c'est pratique !),

— imaginer de bonnes histoires,

— comprendre le langage des animaux,
— etc.

Alors, à ceux qui n'ont pas encore trouvé, je leur dis : soyez patients. Ce que vous avez d'unique et d'épatant parviendra à fleurir avec le temps.

GARANT DES FORÊTS
INTACTES

Ce livre a été imprimé sur du papier Sylva enviro 100 % recyclé, traité sans chlore, accrédité Éco-Logo et fait à partir d'énergie biogaz.

Achevé d'imprimer
sur les presses de Marquis Imprimeur
en janvier 2010